LE NOËL
DU CHIEN DE BERGER

BIOGRAPHIE

Petite fille, Lucy Daniels aimait beaucoup lire, et rêvait d'être écrivain. Aujourd'hui, elle vit à Londres avec sa famille et ses deux chats, Peter et Benjamin. Originaire de la région du Yorkshire, elle a toujours aimé la nature et les animaux, et s'échappe à la campagne dès qu'elle le peut.

Ce livre est déjà paru dans la collection Folio Cadet, n° 369 sous le titre *Le noël du chien de berger.*

ILLUSTRATIONS INTÉRIEURES: PHILIPPE MIGNON
ADAPTATION : FABIENNE HÉLOU

L'auteur remercie Jenny Oldfield et C. J. Hall, médecins vétérinaires, qui ont revu les informations contenues dans ce livre.
Conception de la collection : Ben M. Baglio
Titre original :
Sheepdog in the Snow
© 1995, Working Partner Ltd
Publié pour la première fois par Hodder Children's Books, Londres
© 2002, Bayard Éditions Jeunesse
pour la traduction française et les illustrations
Loi n°49-956 du 16 juillet 1949 sur les publications destinées à la jeunesse
Dépôt légal : octobre 2002
ISBN : 2 747 005 51 8

LE NOËL
DU CHIEN DE BERGER

LUCY DANIELS
TRADUIT DE L'ANGLAIS
PAR MARIE AUBELLE

BAYARD JEUNESSE

LES HÉROS
DE CETTE HISTOIRE

Cathy Hope a douze ans, et une passion : les animaux. Son ambition est de devenir vétérinaire, comme ses parents. La souffrance des animaux lui est insupportable et elle ne manque jamais une occasion de leur porter secours.

Adam et **Emily Hope** sont les parents de Cathy. Ils dirigent une clinique vétérinaire, l'Arche des animaux, où Cathy passe tout son temps libre.

James Hunter est le meilleur ami de Cathy. Il partage avec elle l'amour des animaux et la suit dans toutes ses aventures.

Tom et **Dorothy Hope** sont les grands-parents de Cathy. Ils vivent au cottage des Lilas, et sont toujours prêts à venir en aide à leur petite-fille.

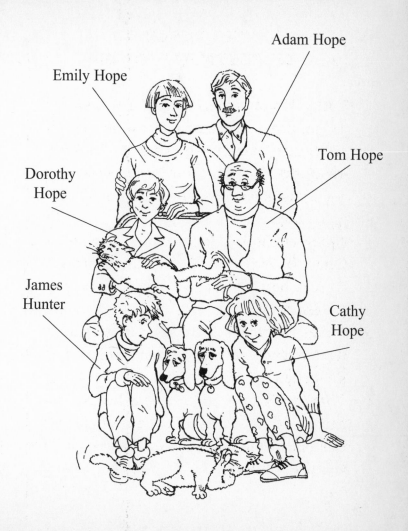

Emily Hope

Adam Hope

Tom Hope

Dorothy Hope

James Hunter

Cathy Hope

— Et si on faisait des sapins et des flocons de neige avec ces pochoirs? suggéra James en mâchonnant le bout de son crayon.

Les vacances de Noël venaient de commencer. Cathy et James, son meilleur ami, profitaient de leur temps libre pour s'acquitter de la tâche que leur avait confiée Mamy: réaliser les cartons d'invitation pour la grande fête de Noël de Welford. Tout le village y était convié, et les deux enfants tenaient à ce que leur participation soit remarquée.

Installés près de la cheminée, ils n'arrêtaient pas de lorgner les cadeaux qui s'amoncelaient au pied du sapin de l'Arche des animaux.

— Je me demande bien ce qu'il y a dans ce gros paquet rouge…, fit Cathy, rêveuse.

— Hé, tu m'écoutes ? s'exclama James.

— Excuse-moi ! Tu as raison pour les pochoirs. Avec de la peinture dorée, ce sera très joli sur ces cartons…

Ils avaient opté pour un beau papier vert foncé.

— Il ne nous reste plus qu'à rédiger un petit texte, rappela Cathy.

— C'est le plus facile ! Il suffit de préciser le lieu, l'heure, et le tour est joué…

— Que dirais-tu de ça :

« Habitants de Welford,

vous êtes cordialement invités,

le samedi 24 décembre,

à dix-neuf heures trente,

à vous joindre à une magnifique veillée

dans la salle des fêtes, avec tous vos amis. »

— C'est parfait. Et maintenant, au travail !

Nous devons décorer chaque carte et y reco-
pier ton texte !

– J'ai mal à la main à force d'écrire ! s'écria
Cathy quelque temps plus tard. Et si on
demandait l'avis de Jane sur ces cartons,
histoire de faire une pause ?
– Bonne idée ! Moi aussi, je commence à en
avoir assez…
Lorsque Cathy et James pénétrèrent dans la
salle d'attente de l'Arche des animaux, la
clinique vétérinaire appartenant aux parents
de Cathy, ils aperçurent Sam Western et son
nouveau chien, un gros berger allemand
noir, avec la tête et le poitrail marron clair.
C'était un bel animal, mais il avait l'air
nerveux. Cathy se pencha pourtant sans
crainte pour le caresser.
– Comment s'appelle-t-il ? demanda-t-elle
à M. Western.
– Major ! répondit-il sèchement.
Puis, après avoir regardé sa montre avec
impatience, il s'adressa d'un ton rude à Jane
Knox, la réceptionniste :

– Ils en ont encore pour longtemps ?

– Non, Monsieur Western. Ça ne devrait plus être très long maintenant.

– Je l'espère ! Ils sont déjà en retard de cinq minutes !

Sam Western était un homme occupé, et il aimait bien que tout le monde le sache.

Cathy s'approcha du bureau de Jane et tendit un carton d'invitation à la jeune femme :

– Dis-moi, Jane, que penses-tu de ça ?

– Voyons voir…, murmura Jane, soulagée par cette diversion. Mais c'est pour la veillée de Noël !

La réceptionniste lut attentivement la petite carte, puis elle se tourna vers les deux amis :

– C'est très réussi ! Avec une invitation pareille, je suis persuadée que tous les habitants de Welford se déplaceront, qu'il neige ou qu'il vente !

La porte de la salle d'opération s'ouvrit à cet instant, et Walter Pickard en sortit avec Tom, le plus vieux de ses chats. Jane jeta un regard circulaire sur la salle d'attente.

– Monsieur Western, vous pouvez faire entrer Major, annonça-t-elle.

Cathy salua Walter, qui habitait dans la rangée de petits cottages situés derrière le pub.

– Qu'est-il arrivé à Tom ? demanda-t-elle en grattant le chat sous le menton. Son oreille est dans un drôle d'état !

– Il s'est encore bagarré, lâcha le vieil homme. Il devrait pourtant savoir qu'il n'a plus l'âge pour ce genre de bêtises !

Le gros chat avait l'air de s'en moquer éperdument. À la première occasion, il se battrait de nouveau, c'était sûr ! D'ailleurs, il se hérissait déjà à la vue de Major, que M. Western tenait au bout d'une courte laisse.

Simon, l'assistant d'Adam et Emily Hope, vint les accueillir à l'entrée de la salle de soins. Lorsqu'il aperçut Cathy, il lui demanda :

– Peux-tu enfiler une blouse et me donner un coup de main, s'il te plaît ? Je suis un peu en retard ce matin, et tes parents font leurs visites.

– Bien sûr, répondit la petite fille. Je préviens James, et j'arrive.

Quand Cathy rejoignit Simon, il avait déjà hissé le berger allemand sur la table d'examen. M. Western se tenait adossé au mur.

Le chien grondait et montrait les crocs, mais l'infirmier ne se laissait pas impressionner.

– Vous avez là un superbe animal, Monsieur Western, remarqua-t-il. D'où vient-il ?

– De York. Il appartenait à des gens qui n'avaient pas de jardin. Franchement, on se demande ce que certains ont dans la tête…, ajouta le propriétaire terrien en bougonnant.

– Il est vrai que ce n'est pas l'idéal pour un chien de cette taille, reconnut Simon. Tu as besoin d'espace pour courir, pas vrai, mon vieux ?

Il examina les oreilles de Major et lui ouvrit doucement la gueule.

– Au moins, il n'a pas été maltraité ! conclut-il.

– Encore heureux ! grommela Sam

Western. Il a juste besoin de ses vaccins. Je ne veux pas qu'il tombe malade, vu le prix que je l'ai payé ! Et je n'ai pas non plus envie qu'il contamine mes deux autres chiens.

Cathy fronça les sourcils, agacée par la dureté des propos de M. Western. Cet homme râblé, au caractère ombrageux, menait son exploitation à la baguette. Il possédait une immense propriété sur la lande, avec une laiterie. Cependant, il semblait ne pas beaucoup aimer les animaux.

Pendant que Simon préparait une seringue tout en parlant au chien d'un ton apaisant, Cathy saisit le collier de Major d'une main ferme. Le chien poussa un gémissement quand l'aiguille s'enfonça dans sa nuque, et ses pattes arrière chancelèrent légèrement. Ce fut là sa seule réaction.

– Voilà, c'est fini. Tu es un bon chien, le rassura Simon.

Major sauta à terre, et M. Western attacha aussitôt sa laisse.

– C'est terminé ? demanda-t-il.

Simon acquiesça, et le fermier le remercia brièvement en quittant la pièce.

– Inscrivez cela sur mon compte, lança-t-il à Jane.

Les portes extérieures battirent bientôt derrière lui et son nouveau chien de garde.

– Quelle amabilité ! s'écria Cathy, offusquée. Simon, je retourne avec James. Je préfère écrire cent cartes plutôt que d'avoir affaire à des gens aussi désagréables !

2

À midi, Cathy et James avaient préparé toutes les enveloppes et les avaient glissées dans la poche de leur manteau. Il ne leur restait plus qu'à parcourir Welford pour les distribuer.

Ils enfourchèrent leurs vélos et commencèrent leur tournée avec enthousiasme.

Ils pédalaient depuis peu lorsqu'un mouvement sur le bord de la route attira l'attention de Cathy. Elle freina brutalement et scruta les alentours. Elle aperçut une forme au sommet de la colline.

– Qu'est-ce qui se passe ? demanda James, qui avait fait demi-tour pour la rejoindre.

– Je crois qu'il y a un animal là-bas, expliqua-t-elle en désignant la colline du doigt.

Une créature noire se détacha alors sur la hauteur.

– C'est un chien. Regarde ! Il boite, une de ses pattes doit être blessée…

Cathy appuya son vélo contre le talus herbeux.

– On dirait un chien de berger, murmura James. Tu crois qu'il est perdu ?

– En tout cas, je ne l'ai jamais vu.

Le chien s'avança en clopinant, tête basse, langue pendante et la queue balayant la route. Son pelage noir était tout collé et sa longue queue était couverte de boue et d'épines. Ses pattes avant, tachetées de gris et blanc, étaient d'un marron sale. Ses flancs se creusaient à chaque effort et les os de ses hanches décharnées saillaient.

– Le pauvre ! s'exclama Cathy. Comme il est maigre !

Elle s'accroupit et l'appela :

– Allez, viens, mon grand !

Le chien leva ses yeux tristes, puis se dirigea lentement vers eux.

– Il doit mourir de faim ! murmura James en s'agenouillant à côté de Cathy. Je suis sûr qu'il vient de loin !

– Oui, c'est possible… Tu crois qu'il a été abandonné ?

– En tout cas, il ne porte pas de collier.

Alors que l'animal approchait, sa patte blessée heurta une pierre. Il gémit et s'écroula dans l'herbe. Cathy et James se précipitèrent pour lui porter secours.

La pauvre bête gisait sur le côté, la langue pendante, la respiration haletante. Cathy tendit la main avec précaution pour lui caresser la tête. De grands yeux bruns la fixèrent.

– N'aie pas peur, mon toutou ! chuchota-t-elle. Je ne vais pas te faire de mal.

Bouleversée, elle se tourna vers James :

– Nous devons le conduire tout de suite à l'Arche des animaux !

– D'accord, mais allons-y doucement, lui conseilla James. Son état a l'air critique.

Le chien tenta maladroitement de se redresser, mais il était beaucoup trop faible : il s'évanouit et retomba sur le sol.

– Ne perdons pas de temps ! s'écria Cathy en ôtant son gilet de laine pour en envelopper le chien. Va vite avertir mes parents et demande-leur de venir me chercher.

– Tu vas attraper froid ! objecta James.

– Ne t'inquiète pas pour moi et, surtout, dépêche-toi !

James sauta sur son vélo et pédala de toutes ses forces vers la clinique vétérinaire.

Cathy s'assit sur le sol gelé et frotta vigoureusement les flancs de l'animal pour le ramener à la vie.

– Allez, tiens bon ! Tu seras bientôt au chaud, murmura-t-elle en espérant que les secours ne viendraient pas trop tard.

Quand elle aperçut enfin la Land-Rover de l'Arche qui filait dans sa direction, Cathy poussa un soupir de soulagement. Sa mère bondit de la voiture, suivi de James, et s'élança vers elle :

– Comment te sens-tu, ma chérie ? Tu dois être gelée…

– Rassure-toi, maman, je vais bien. C'est de lui qu'il faut s'occuper, répondit Cathy en désignant le chien étendu à ses pieds.

Emily Hope se tourna vers James :

– Ouvre le hayon du 4 x 4, s'il te plaît. Nous allons examiner cette pauvre bête.

Elle saisit ensuite l'animal avec douceur et le déposa dans la Land-Rover.

– C'est une chienne, dit-elle. Elle est complètement déshydratée. Cathy, donne-moi la solution de glucose qui se trouve dans ma trousse.

La vétérinaire s'assura que l'animal restait chaudement enveloppé dans le gilet, puis elle souleva sa tête pour lui faire avaler quelques gorgées sucrées à l'aide d'une seringue sans aiguille. Ils virent la gorge de la chienne se contracter pour déglutir. Bientôt, elle ouvrit les yeux et se mit à boire avidement.

– Elle va s'en sortir ? demanda Cathy.

– Je crois, répondit sa mère. Grâce à vous deux. Mais elle revient de loin ! Allons-y, maintenant. Cathy, assieds-toi près de la chienne et pose sa tête sur tes genoux. Parle-lui doucement et rassure-la pendant le trajet.

Cathy grimpa rapidement à l'arrière de la Land-Rover. James l'aida à s'installer avec la chienne.

– Je vous suis ! Je m'occupe de ton vélo ! lança-t-il avant de claquer la portière.

– Ah oui, merci ! Je l'avais complètement oublié…

Emily Hope effectua un brusque demi-tour et prit la route de la clinique à vive allure. Cathy, assise à l'arrière, caressait douce-ment la tête de la chienne, qui la fixait de ses immenses yeux sombres.

– Je t'en prie, rétablis-toi ! murmurait la petite fille, qui s'était déjà attachée à sa protégée.

Simon se précipita dans la cour dès qu'il vit la voiture se garer. Il ouvrit le hayon et souleva la bête blessée. Adam Hope attendait devant la porte.

– Je pense qu'elle n'a rien de cassé, déclara Mme Hope, seulement quelques égratignures et des plaies superficielles. En revanche, elle est complètement déshydratée. Simon, peux-tu la conduire dans la salle de consultation ? Elle a quelque chose de pointu coincé dans sa patte avant gauche. Il faut que je regarde ça de plus près.

L'infirmier étendit la chienne sur la table de soins et retira le gilet qui l'enveloppait toujours. Mme Hope la palpa doucement du bout des doigts, vérifia ses articulations et écouta les battements de son cœur à l'aide du stéthoscope.

— Son état n'est pas alarmant, conclut-elle. Mais elle est très maigre. Maintenant, regardons cette patte !

Emily Hope enfila des gants de caoutchouc et choisit une paire de pinces effilées. Elle parla gentiment à la chienne tout en soulevant le membre blessé, qu'elle examina attentivement :

— C'est un éclat de verre. Adam, passe-moi le désinfectant, s'il te plaît.

Elle nettoya la plaie et retira adroitement le bout de verre de la blessure. La chienne gémit et essaya de se redresser.

— Du calme, intervint Simon en la retenant.

— Elle est incroyable ! remarqua Cathy. Elle a compris que c'est terminé, et elle veut se relever.

Adam Hope hocha la tête :

– Voyons si elle peut y arriver. Elle m'a l'air d'avoir un sacré caractère !

Simon lâcha la chienne. Aussitôt, elle se redressa, puis se mit péniblement debout. Il la déposa alors sur le sol. Cathy lui apporta un bol d'eau fraîche, qu'elle se mit à laper avidement.

– Elle est solide, commenta M. Hope, admiratif.

– Vous croyez qu'elle s'est perdue ? demanda Cathy.

Simon croisa les bras et regarda la chienne :

– Ce serait étonnant pour un berger d'Écosse… Un colley, si tu préfères. C'est un animal très intelligent ! Non, je pense qu'elle a été abandonnée.

– Ses maîtres se seraient débarrassés d'elle ? s'exclama Cathy, scandalisée.

– Nous n'en savons rien, tempéra son père. Il se peut que son maître, affolé, soit en train de la chercher partout. D'ailleurs, je vais passer quelques coups de téléphone. Un de nos collègues aura peut-être entendu parler de la disparition d'un colley ?

– Contacte aussi la SPA et les refuges des environs, suggéra Emily Hope.

– Je m'en occupe tout de suite !

Quand M. Hope s'enferma dans son bureau, Cathy jeta un regard soucieux à la chienne, qui passait de grands coups de langue sur sa patte douloureuse. Sa mère s'approcha et lui passa un bras autour des épaules.

– Ne te fais pas trop d'illusions, lui conseilla-t-elle.

– Pourquoi dis-tu ça ? demanda Cathy.

– Parce qu'il n'y a sans doute pas de maître affolé en train de la chercher ! Elle n'a pas de collier et, comme le disait Simon, ces chiens de berger sont très intelligents. Ils ne se perdent quasiment jamais ! J'espère me tromper, ma chérie, mais il faut que tu te prépares à cette idée…

La jeune fille baissa tristement la tête. Elle fut soulagée lorsque James entra dans le cabinet de consultation, interrompant leur conversation.

– Elle va bien, annonça-t-elle en le voyant se précipiter vers la chienne.

– Ouf… J'avais hâte d'arriver pour avoir de ses nouvelles. Elle avait l'air tellement mal en point !

Cathy lui résuma le point de vue de ses parents.

– Papa est maintenant dans son bureau, conclut-elle. Il téléphone aux vétérinaires de la région pour savoir si quelqu'un la recherche.

Cathy et James passèrent la fin de la journée à attendre un appel signalant un colley disparu ; en vain. À la nuit tombée, James rentra chez lui.

Cathy installa confortablement la nouvelle pensionnaire dans la salle de repos de l'Arche des animaux et lui donna une part de viande hachée.

– Avec ça, tu reprendras très vite des forces, ma grande !

La chienne ne fit qu'une bouchée de sa gamelle, puis, reconnaissante, frotta son nez contre les jambes de la fillette avant de s'installer dans son panier. Cathy lui gratouilla le crâne, éteignit la lumière et la laissa dormir.

Le lendemain matin, lorsque Cathy ouvrit ses volets, elle constata qu'une épaisse couche de givre recouvrait le sol. Elle dévala l'escalier et courut vers sa mère :

– Quelqu'un a-t-il appelé pour la chienne ?

– Non, personne, répondit Emily Hope. Sans vous, cette pauvre bête n'aurait pas survécu ! Elle serait morte de froid avec un temps pareil. D'ailleurs, tu peux lui rendre une petite visite. Tu verras qu'elle a meilleure mine.

En pénétrant dans la salle de repos, Cathy constata en effet que la chienne était déjà moins efflanquée et que ses yeux brillaient de nouveau. Elle était vraiment adorable. Simon l'avait brossée, et son long pelage luisait. Elle était noire, avec des taches fauves au-dessus des yeux, et un museau de même couleur. Son puissant poitrail blanc tranchait avec le reste de son corps.

De retour dans la cuisine, Cathy s'assit pour prendre son petit déjeuner et réfléchit à la situation tout en mélangeant ses céréales sans y toucher. C'est alors que ses grands-parents firent irruption dans la cuisine. Ils se rendaient à Walton, la ville la plus proche, pour y faire quelques courses. En voyant Cathy rêvasser devant son bol de céréales, ils comprirent qu'elle était soucieuse.

– Qu'est-ce qui te préoccupe, ma chérie ? demanda Mamy en s'asseyant à côté d'elle. Ça n'a pas l'air d'aller fort…

Cathy laissa sa cuillère retomber dans le bol.

– Nous avons secouru une chienne hier, expliqua-t-elle. Elle mourait de faim, là-haut, sur la lande.

– Eh bien, où est le problème ? C'est plutôt une bonne nouvelle !

– Elle est magnifique, Mamy ! Elle paraît si douce, elle inspire tellement confiance…

– Excuse-moi, mais je ne vois là rien qui puisse couper l'appétit !

– Ce qui me coupe l'appétit, Mamy, c'est que quelqu'un ait pu l'abandonner en plein hiver, la condamnant à une mort certaine ! balbutia Cathy à travers les larmes.

– Calme-toi, ma chérie, intervint Papy. Le plus important n'est-il pas que vous l'ayez sauvée ? Cependant, pour que tu sois dans un état pareil, j'imagine que tu aurais aimé la garder, et que tes parents ont refusé ?

– Je ne leur ai même pas posé la question ! Cathy savait que c'était inutile, non pas parce que ses parents étaient sans cœur, mais parce que c'était la règle : la maison aurait été pleine de toutes sortes d'animaux égarés si on l'avait laissée faire.

– Alors, ma chérie, au lieu de pleurer sur le sort de cette malheureuse chienne, tu ferais mieux de lui chercher un bon foyer ! Au cas où elle aurait bien été abandonnée, précisa Papy.

– Tu as raison ! s'exclama Cathy, à qui son grand-père avait insufflé un peu de son énergie. Mais, pour l'instant, je dois surtout me dépêcher de rejoindre James. Nous devons distribuer les invitations pour la fête. Hier, notre programme a été perturbé…

Les deux amis sillonnèrent la campagne à vélo une bonne partie de la journée. Ils distribuèrent toutes leurs invitations et se laissèrent peu à peu gagner par l'excitation de la fête. Ce soir-là, Cathy s'affala, épuisée, sur le tapis du salon, un bras passé autour du cou de la chienne. L'état de celle-ci s'améliorait rapidement grâce aux soins et à l'affection qu'elle recevait à l'Arche des animaux. Malgré les avertissements de sa mère, Cathy espérait toujours qu'un maître affolé appellerait la clinique et retrouverait enfin son animal perdu. Cependant, cette fois encore, le téléphone resta silencieux.

Le lendemain midi, en rentrant d'une promenade avec James, Cathy découvrit son père qui jouait avec la chienne dans la cuisine.

– Je l'ai juste sortie de la clinique pour l'examiner, se justifia-t-il.

Mais Cathy n'était pas dupe. Lui non plus, il n'avait pas pu résister au regard confiant du colley !

– Adam ! Un vrai gamin ! s'exclama la mère de Cathy.

Elle se tenait devant la cuisinière,

surveillant une grande casserole de soupe. Adam Hope retourna la chienne sur le dos et lui chatouilla le ventre :

– Tu sais, je m'assure seulement qu'elle s'est remise de ses émotions !

– Eh bien, on dirait que c'est le cas ! commenta Cathy en riant.

– A-t-on des nouvelles de son propriétaire ? intervint James.

– Hélas non, rien de nouveau de ce côté-là.

– Nous serons donc obligés de la garder encore quelques jours avec nous, le temps de lui trouver un nouveau foyer ? fit Cathy, l'air innocent.

– Oui, j'en ai bien l'impression, répondit Adam. Et nous devrons également lui donner un nouveau nom !

Pendant le repas, la conversation tourna exclusivement autour de ce sujet :

– Lassie… Jessie… Badger ? proposait tour à tour Cathy.

– Flora ? interrompit M. Hope.

– Ou Gwen ? Ça sonne bien ! intervint James.

Cathy regarda la chienne. La tête appuyée sur ses pattes avant, elle semblait prêter un grand intérêt à ce jeu de devinettes.

– Et pourquoi pas Tess? Tess, viens, appela-t-elle doucement.

Le colley se leva aussitôt et s'approcha d'elle.

– Tess, couchée!

La chienne s'allongea aussitôt sur le sol, à la grande joie de Cathy.

– Ce sera donc Tess! décréta Mme Hope.

– Vous croyez que c'est vraiment son nom? demanda James, stupéfait.

Adam Hope haussa les épaules:

– Qui sait? En tout cas, l'idée semble lui plaire.

Cathy jugeait ce nom parfait pour un chien de berger: court, sonore et dynamique.

– Les enfants, vous ne devez pas la laisser trop s'attacher à nous, les prévint Mme Hope avec sérieux. Même si nous lui avons donné un nom, n'oubliez pas que nous ne pouvons la garder.

Cathy se leva en soupirant.

– Ce sera difficile… Viens, Tess! ordonna-t-elle. Il vaut mieux que je te ramène à la clinique.

Lorsque Cathy retrouva James, celui-ci paraissait tout excité.

– Qu'est-ce que tu as? s'étonna-t-elle. Je suis sûre que tu mijotes quelque chose…

– J'ai réfléchi, Cathy. Tu ne crois pas que Jack Spiller pourrait… Je veux dire… Il a des moutons! Tess lui serait drôlement utile pour garder son troupeau!

Cathy réfléchit un instant. Les Spiller étaient des gens sympathiques: Tess serait bien traitée. Et même s'ils possédaient déjà un chien, ils seraient sans doute ravis d'accueillir Tess.

– Allons leur rendre une petite visite, répondit-elle. Nous serons tout de suite fixés!

En arrivant à la ferme, ils aperçurent Jack Spiller qui traversait la cour, sa chienne Jess sur les talons.

– Bonjour, vous deux ! lança-t-il. Qu'est-ce qui vous amène ici ?

Cathy et James échangèrent un regard. Ce fut Cathy qui eut le courage de parler.

– Monsieur Spiller, nous avons trouvé un colley il y a deux jours. C'est une femelle très douce et obéissante. Jusqu'à présent, personne n'est venu la réclamer. Nous cherchons donc un bon foyer pour elle. Seriez-vous intéressé par un autre chien de berger ?

– Un chien de berger ? Je suis désolé, fit Jack Spiller en secouant lentement la tête, mais Jess risque d'être jalouse. Vous comprenez, deux femelles... Si encore ça avait été un petit chien de salon, nous aurions pu le lui faire accepter, car il n'y aurait pas eu de rivalité. Mais là... Pas moyen !

Les deux enfants restèrent silencieux. Ils avaient compris qu'il était inutile d'insister.

– Vous avez sans doute raison, finit par dire Cathy. C'était juste une idée comme ça...

– J'espère que vous aurez plus de chance avec les autres fermiers ! Maintenant je vous laisse, j'ai à faire ! dit Jack Spiller en les saluant.

Cathy soupira et le regarda s'éloigner, songeuse.

– Bon ! Nous n'allons pas nous décourager dès le premier échec ! s'exclama James, une expression décidée sur le visage. Je suis sûr que nous allons trouver un foyer à Tess avant Noël. En route !

Il enfourcha son vélo et se lança dans la courte descente qui menait vers la route. Cathy le suivait de près. Lorsqu'ils atteignirent le bas de la colline, la fillette avait retrouvé son optimisme. Son regard balaya la campagne environnante.

– Tu crois qu'on a le temps de faire un saut chez les Gill ? demanda-t-elle soudain.

– Oui, pourquoi ?

– Disons que c'est à mon tour d'avoir une idée !

5

Ils pédalèrent entre des haies d'aubépine dénudées, scintillant de givre. La ferme de Greystones fut bientôt en vue. Brandon Gill y élevait des cochons, avec l'aide de Ken Hudson, le porcher.

Cathy freina devant les bâtiments.

– Nous devons trouver Ken, annonça-t-elle.

James aperçut le porcher, qui traversait le champ en sifflotant. Il transportait deux seaux de nourriture :

– Le voilà !

Ken Hudson était un homme petit, maigre et

nerveux. Il avait récemment emménagé avec sa sœur dans une ferme située sur la colline, mais il travaillait toujours chez les Gill, dans la vallée. Cathy et James agitèrent la main :

– Bonjour, Ken !

Il posa ses seaux et s'avança vers eux à grands pas.

– Bonjour ! Que faites-vous là ? Vous vous êtes perdus ? demanda-t-il, moqueur.

– Non, nous voulions simplement te souhaiter un Joyeux Noël ! fit Cathy en souriant.

– Allons… Ne me fais pas croire que vous avez pédalé jusqu'ici juste pour ça !

– C'est vrai. On voulait aussi savoir comment s'est passé ton déménagement, poursuivit Cathy. N'est-ce pas, James ?

– Parfaitement ! confirma son ami avec un regard en biais.

– Vous savez, je n'avais pas grand-chose à transporter, répondit Ken en se grattant le front. J'ai tout monté à la ferme en une fois.

– C'est bien.

Cathy dansait d'un pied sur l'autre.

– Et ? ajouta Ken.

– Et quoi ? reprit-elle en roulant des yeux.

– Et qu'est-ce que je peux faire d'autre pour vous ? insista Ken. Ne me fais pas marcher ! Tu as une idée derrière la tête, Cathy Hope ! Je me trompe ? ajouta-t-il en se tournant vers James.

– Je n'en sais rien, moi ! se récria James en prenant un air innocent.

– Tu aimes les chiens, Ken ?

Cathy avait décidé que la meilleure tactique était de procéder par étapes.

– J'aime tout ce qui marche à quatre pattes.

– Tu aimerais Tess, alors.

Cathy leva les yeux sur la lande figée sous le givre, laissant le silence s'installer.

– Qui est Tess ? s'enquit Ken, intrigué.

– C'est un colley noir et blanc avec de grands yeux marron. Une chienne magnifique ! Elle est tellement douce ! Et en plus très obéissante ! Elle fait vraiment tout ce qu'on lui demande. Je suis sûre qu'on pourrait en faire une championne.

– À qui appartient-elle ? Et pourquoi je n'ai jamais entendu parler d'elle, alors qu'elle doit être une chienne extraordinaire ?

Cathy était ravie : Ken mordait à l'hameçon !

– Si tu veux, nous pouvons aller la chercher, s'empressa-t-elle de proposer.

Mais Ken secoua la tête :

– Non. J'ai terminé mon travail pour aujourd'hui. Je rentre chez Dora.

– Eh bien, nous te rejoindrons chez ta sœur. Ce serait amusant que tu mettes Tess à l'épreuve ! Elle est vraiment étonnante, tu verras !

– À ce point ? fit Ken d'un air dubitatif.

Cathy se décida finalement à tout révéler :

– En fait, elle a besoin d'un foyer. Et j'ai pensé que tu pourrais la prendre.

Elle retint son souffle. Ken tira sur la pointe de son bonnet. Puis il contempla ses bottes sans dire un mot.

James intervint, volant au secours de son amie.

– Tess est une chienne perdue que Cathy et moi avons sauvée. Elle est fantastique, Ken.

Je suis sûr que tu vas l'adorer. Et en plus elle peut t'aider à rassembler les moutons. Fais-lui passer un test, et puis tu décideras !

– Pourquoi pas ? dit l'homme en hochant la tête. Mais il faudra aussi que j'en parle à Dora ! ajouta-t-il.

Cathy poussa un cri de joie.

– Amenez-la demain matin, dit Ken. On jettera un œil sur cette merveilleuse chienne de berger. Après tout, ça n'engage à rien…

6

La bergerie de Dora Janeki se trouvait dans un endroit isolé, entouré de hautes collines et de vastes étendues de lande.

Cathy et James regardaient la campagne défiler derrière les vitres de la Land-Rover de l'Arche des animaux tout en caressant la tête de Tess, installée entre eux. M. Hope avait proposé de les conduire de bonne heure chez Ken Hudson, avant de commencer sa tournée.

– Ne vous attendez pas à ce qu'elle fasse des miracles le premier jour, les avertit-il. Et ne la fatiguez pas, elle est en convalescence.

– D'accord, papa.

– Je viendrai vous prendre au retour, dit-il en descendant leur ouvrir la portière.

Tess sauta d'un bond et renifla la bruyère, sa queue recourbée formant un arc élégant, terminé par une pointe blanche qui semblait flotter au-dessus des petits buissons bruns. Le temps était devenu nuageux. Un vent froid et vif soufflait sur la lande. Cathy remonta son écharpe jusqu'au menton et siffla Tess.

– Bonne chance ! lança Adam Hope en grimpant dans le 4 x 4. Je croise les doigts pour vous !

– On te racontera ! cria Cathy. À plus tard !

Ils le saluèrent, puis se mirent à remonter le sentier jusqu'à la ferme de Dora. Goûtant la liberté et les grands espaces, Tess courait devant, vive et impatiente. Lorsqu'ils atteignirent la cour déserte, James s'avança pour frapper à la porte d'un rouge délavé. Cathy aperçut Whistler, le chien de Dora, qui les observait depuis sa niche située à l'autre bout de la cour. C'était un animal grand et élancé, avec de longs poils gris et des yeux d'une étrange couleur gris pâle, presque blancs. Son poil se hérissa et il gronda en apercevant Tess. Cathy saisit la chienne par le collier.

– Oui ?

Plantée sur le seuil de la porte, Mme Janeki regardait James d'un air soupçonneux. Elle était petite et maigre, comme son frère, mais n'affichait pas son sourire chaleureux. Elle avait d'ailleurs la réputation d'être colérique et avare.

– Bonjour, Madame. Je suis James Hunter, et voici Cathy Hope. Nous sommes venus voir Ken, dit poliment James.

Dora grommela :

– Il vous attend ? Il ne m'en a pas parlé !

Elle calma Whistler d'un mot sec et dévisagea les nouveaux arrivants. Cathy s'approcha avec la chienne, qu'elle tenait toujours fermement.

– Il nous a demandé d'amener Tess, expliqua-t-elle. Il aimerait la voir.

– Tiens donc ! s'exclama Dora en fronçant les sourcils. Je ne vois pas pourquoi… Enfin ! Attendez là.

Elle referma brusquement la porte. Cathy sentit ses espoirs s'envoler tandis qu'ils attendaient dans la cour glaciale. Mais ils reprirent confiance lorsque Ken apparut, emmitouflé dans une grosse veste et un bonnet enfoncé jusqu'aux yeux. Il ferma la porte derrière lui et enfila ses gants.

– Brrr… Quel froid de canard ! Alors, c'est elle ?

Il observa Tess sous toutes les coutures.

– Maigre comme un clou, déclara-t-il d'un ton déçu.

– Pas étonnant, avec ce qu'elle a vécu ! fit Cathy.

Elle lui raconta brièvement comment ils avaient découvert la chienne, épuisée, affamée et blessée à la patte. Tout au long du récit, Tess resta tranquillement assise, surveillant Whistler du coin de l'œil. Ken se baissa pour caresser ses longs poils blanc et noir.

– Elle n'est pas en forme, alors ?

– Elle ne tardera pas à l'être, promit Cathy.
Elle est résistante, et nous faisons le nécessaire. Tout le monde à l'Arche des animaux
s'occupe d'elle. Elle a la meilleure nourriture, et des vitamines. Elle récupère très vite !
– Et tu es sûre qu'elle fera tout ce qu'on lui
demande ?
– Oui. Tu veux vérifier ?
Ken hocha la tête.
– D'accord, répondit Cathy. Ne bouge pas,
Tess !
Obéissant, le colley se tenait assis aux côtés
de Ken pendant que la fillette traversait la
cour.
– Ici, Tess ! appela-t-elle quand elle eut
atteint l'autre côté.
Tess bondit en avant et la rejoignit en un
éclair.
– Essayons autre chose, suggéra Ken.
Il alla ramasser un morceau de bois au pied
d'un arbre qui dominait la cour.
– Voyons si elle l'attrape quand tu le lui
diras.
Cathy prit le bâton et le montra à Tess. La

chienne le renifla, puis se mit à gambader autour de la petite fille. Cathy lança le bâton de toutes ses forces en direction de la lande.

– Attrape, Tess ! ordonna-t-elle.

La chienne s'élança, disparaissant dans la bruyère. Lorsqu'elle réapparut, elle tenait le bout de bois entre ses mâchoires. Elle courut vers Cathy et le déposa à ses pieds avant de s'asseoir, haletante, la langue pendante.

– Bravo, ma belle ! la félicita Cathy en poussant un soupir de soulagement.

Elle se tourna vers Ken, fière de sa protégée.

– Ce n'est pas mal, convint-il. Voyons maintenant comment elle se débrouille avec les moutons…

7

Ken prit le chemin de la lande d'un pas vif.
Les deux amis peinaient à le suivre, tandis
que Tess courait en bondissant.

– J'espère qu'elle y arrivera, murmura
James. Nous sommes peut-être trop
confiants ?

– Ne t'inquiète pas. Je suis sûre qu'elle sera
parfaite, le rassura Cathy.

Pourtant, quand ils se furent approchés des
moutons, ils avaient tous les deux le cœur
battant à cent à l'heure à l'idée que Tess
échoue au test du fermier.

– Bon, restez là, dit Ken. Voyons ce que cette chienne sait faire !

Il donna un bref coup de sifflet. Tess dressa les oreilles et regarda Cathy. Puis elle trottina vers Ken et s'assit à ses pieds. Il donna un deuxième coup de sifflet, plus aigu et prolongé. Tess se redressa aussitôt et courut vers le troupeau. Elle se plaça ensuite derrière les moutons, obéissant à un autre sifflement, qui s'était terminé dans les aigus. Lorsque Ken donna une série de petits coups de sifflet, la chienne se mit à faire des cercles de plus en plus serrés autour des moutons, les amenant à se regrouper davantage.

– Elle est drôlement douée ! s'exclama James, qui fixait la scène bouche bée.

Pour finir, l'appel de Ken se modula : la note était plus basse. Il rappelait Tess. Elle força le troupeau à tourner lentement dans sa direction. Puis, sans hésiter, elle ramena les moutons, qui se rassemblèrent autour du fermier.

Pendant qu'il éparpillait ses bêtes pour

qu'elles retournent brouter, Cathy et James le rejoignirent en courant.

– Alors ? demandèrent-ils avec impatience.

Tess s'allongea aux pieds de la jeune fille, la langue pendante. Ken, pensif, la contemplait.

– Eh bien ? reprit Cathy, qui brûlait de connaître son verdict. Qu'en penses-tu ?

Ken leva les yeux vers le ciel. Des flocons de neige commençaient à tomber.

– Oh, tu sais, ce que j'en pense n'a pas beaucoup d'importance ! soupira-t-il. C'est toujours Dora qui a le dernier mot ici…

– Mais quel est ton avis sur Tess ? insista Cathy.

– C'est une championne, confirma-t-il en se baissant pour caresser la chienne. S'il n'y avait que moi, je la prendrais sur-le-champ.

– Tu as peur que ta sœur ne soit pas d'accord ! devina James.

Ken haussa les épaules et jeta un œil vers la maison :

– Voilà Dora. On va pouvoir lui poser la question tout de suite !

Surpris, Cathy et James regardaient la sœur de Ken avancer vers eux. Elle avait le visage renfrogné et marchait les mains dans les poches, la tête rentrée dans les épaules.

– Vous ne voyez pas qu'il neige? grommela-t-elle. Venez donc vous mettre à l'abri!

– Tout de suite, répondit Ken en souriant. Mais dis-nous d'abord ce que tu penses de la chienne?

– Comment ça? marmonna sa sœur.

– Oh, à d'autres, Dora! Je t'ai vue nous observer par la fenêtre…

– Elle est douée, finit-elle par admettre à contrecœur.

Cathy la dévisagea, pleine d'espoir:

– Alors, vous voulez bien la garder?

– Je ne sais pas… On ne connaît rien de cette bête, après tout! Et puis, on a déjà un chien. Cela nous coûterait cher en nourriture! Combien demandes-tu pour Tess?

– Rien!

– Rien?

Dora n'en croyait pas ses oreilles.

– Nous voulons juste lui trouver un bon foyer, lui assura Cathy.

– Dans ce cas, c'est d'accord ! accepta Dora précipitamment, à l'évidence ravie de ne pas avoir à débourser un sou.

Ken Hudson sourit en regardant les deux enfants sauter de joie. Comme si elle comprenait la raison de leur bonheur, Tess jappa et agita joyeusement la queue.

– On ferait mieux de redescendre, rappela Dora. Il neige de plus en plus.

– Et mon père ne devrait pas tarder, ajouta Cathy.

«Et puis, on a accompli notre mission», pensa-t-elle. Tess avait un nouveau maître qui saurait s'occuper d'elle et qui ne l'abandonnerait jamais.

Toutefois, en apercevant la Land-Rover qui remontait la route dans la neige tourbillonnante, Cathy se sentait triste de devoir quitter Tess. Comme elle se baissait pour serrer une dernière fois la chienne dans ses bras, son doux museau lui effleura la joue. Elle se redressa, la gorge serrée.

Ken remarqua son émotion :

– Tu pourras venir la voir quand tu voudras.

Cathy hocha rapidement la tête et courut vers la voiture sans attendre James.

8

– Ça a marché, à ce que je vois ! s'exclama
M. Hope quand Cathy et James eurent
grimpé dans la voiture sans la chienne.
Cathy hocha la tête, trop émue pour parler.
Le 4 x 4 démarra. Les essuie-glaces balayaient
le pare-brise à toute vitesse, car la neige
tombait de plus en plus épaisse.
– J'espère que ce temps ne va pas durer,
reprit M. Hope en jetant un coup d'œil à
Cathy. Je ne sais pas comment j'irai à mes
visites si les routes sont enneigées ! Et puis,
il ne faudrait pas que ça gâche la fête…

Cathy comprit que, par ce bavardage inin-
terrompu, son père tentait de leur faire
oublier l'absence de Tess. Mais c'était peine
perdue…

— Je me demande comment elle va s'entendre avec Ken, songea la fillette à voix
haute.

— Qui ? Tess ?

— Oui. J'espère qu'elle s'adaptera bien.

— Tu peux faire confiance à Ken, la rassura
son père. Il sait tout ce qu'il faut savoir sur
les animaux. Je me demande parfois s'il ne
les préfère pas aux gens !

— Tu as sûrement raison, soupira Cathy en
s'essuyant discrètement les yeux.

Après avoir déposé James chez ses parents,
Cathy et son père rentrèrent à l'Arche des
animaux. Pendant le déjeuner, la fillette
résuma les événements de la matinée à sa
mère. Emily Hope perçut aussitôt la tristesse
de Cathy. Après avoir échangé un regard
avec son mari, elle lança :

— Au fait, ma chérie, nous avons besoin de

toi à la clinique ! Enfile une blouse et va aider Simon à nettoyer la salle de repos. Ton père a des rendez-vous tout l'après-midi, et je dois m'attaquer aux factures.

– À vos ordres, chef ! répondit Cathy avec un clin d'œil.

Faire le ménage à l'Arche était loin de représenter une corvée pour elle. Au contraire, elle aimait s'occuper du confort des petits pensionnaires. Avec l'aide de Simon, elle sortit les chats des cages et les installa avec précaution dans des paniers pour changer leurs litières. Elle lava ensuite leurs gamelles et les disposa sur des feuilles de journal propres. Puis vint le tour des chiens, auxquels elle fit faire un peu d'exercice. Il y eut ensuite les sols à laver et à désinfecter. Pendant qu'ils terminaient leur travail, le téléphone sonna à la réception. Jane n'étant pas encore revenue de son déjeuner, Cathy se précipita pour décrocher :

– L'Arche des animaux, bonjour !

– Dora Janeki à l'appareil.

– Dora ? C'est Cathy. Que se passe-t-il ?

– Il faut qu'un vétérinaire vienne ici de toute urgence. J'ai une brebis malade. Comme elle doit mettre bas, cela ne me dit rien de bon.

– Très bien, je vous envoie quelqu'un.

– Je l'attendrai sur la lande. La brebis est couchée près du muret, après High Cross, précisa Dora avant de raccrocher.

Cathy courut prévenir sa mère.

- Une brebis pleine ? Il n'y a pas une minute à perdre ! dit Mme Hope en enfilant son manteau. Tu veux m'accompagner ?

– Oh oui ! Ce sera l'occasion de revoir Tess.

Elles se précipitèrent vers la Land-Rover, et Emily démarra sur les chapeaux de roues. Heureusement, la neige avait cessé : elle pouvait rouler à vive allure sur les petites routes qui menaient à la ferme isolée de Dora Janeki. Cathy s'accrochait à la poignée dans les virages.

– Ça peut être sérieux, Maman ?

– Difficile à dire tant qu'on n'a pas examiné la brebis ! Mais il y a le risque d'un accouchement prématuré.

– L'agneau naîtrait trop tôt?

– Oui, ce qui entraîne parfois des complications. La mère peut perdre beaucoup de sang.

En arrivant sur la route de High Cross, Cathy chercha Dora Janeki des yeux. Elle repéra bientôt une vieille camionnette rouge.

– Là! s'écria-t-elle.

Emily Hope prit un chemin qui coupait à travers champs. Dora Janeki courut à leur rencontre:

– Venez vite!

Cathy et sa mère descendirent précipitamment de voiture. Dora Janeki les mena plus haut, jusqu'à un muret de pierres qui s'effondrait par endroits. La brebis était étendue à l'abri du vent. Elle avait le ventre gonflé, et ses pattes étaient raides comme des bâtons. Elle était apparemment trop faible pour se tenir debout. Mme Hope s'agenouilla près d'elle pour l'ausculter.

– Pouvez-vous faire quelque chose pour

elle ? s'inquiéta Dora.

– Je ne sais pas encore. Voyons si on peut la remettre debout.

Elles essayèrent toutes les trois de la relever doucement, mais la brebis retombait aussitôt. Elles renoncèrent, et Cathy et Dora s'écartèrent pour laisser Mme Hope reprendre son travail. Elle examina rapidement le ventre gonflé :

– C'est bien un accouchement prématuré.

Elle ouvrit sa trousse et se prépara à aider la brebis à accoucher. Celle-ci était trop faible pour y parvenir seule. Quelques minutes plus tard, la pauvre bête mettait au monde un agneau minuscule.

– Mort-né, murmura Mme Hope. Et la mère n'est guère en meilleur état.

Elle sortit son stéthoscope pour écouter sa respiration, mais ne tarda pas à ranger son matériel.

– Je suis désolée, Dora, dit-elle en se redressant. Je n'ai rien pu faire.

L'animal gisait sur la neige, inerte. Dora Janeki hocha la tête :

– Merci d'être venue. Je me doutais que le bébé ne survivrait pas. Quant à la brebis…

Elle poussa un profond soupir. Emily Hope ferma sa trousse.

– Au moins, nous avons essayé. Que lui est-il arrivé? demanda-t-elle en raccompagnant Dora à sa camionnette.

– Je ne peux pas l'affirmer avec certitude. J'étais avec Whistler. Il a aboyé comme s'il avait senti une présence. Puis il s'est mis à courir, et je l'ai perdu de vue. Lorsque je l'ai rattrapé, il avait trouvé la brebis. Elle semblait terrorisée. Mais par quoi?

– Savez-vous combien de temps elle est restée là?

– Pas vraiment. Cependant, quand nous sommes montés hier soir pour rassembler les bêtes, elle n'y était pas. Whistler l'aurait aperçue.

– En tout cas, les éleveurs vont se poser des questions! remarqua Mme Hope. Ils seront sur leurs gardes.

– Qui peut le leur reprocher? s'exclama Dora. Quelque chose a fait mourir de peur cette brebis ; personne ne sera tranquille tant que nous n'aurons pas découvert ce dont il s'agit.

— Si j'entends parler de quoi que ce soit, je vous tiendrai au courant.

Dora Janeki serra la main de Mme Hope et promit de lui envoyer un chèque pour régler le déplacement.

Cathy et Emily retournèrent à leur voiture en silence. La fillette savait que sa mère détestait les échecs.

— Maman, tu crois qu'elle ne serait pas morte si nous étions arrivées plus tôt ? demanda-t-elle d'une petite voix.

— Je pense que la brebis n'aurait pas survécu au choc. Et l'agneau était trop petit... Non, je ne crois pas qu'on aurait pu les sauver.

Cathy grelottait en montant dans la voiture :

— Qu'est-ce qui a pu faire ça ? Quel genre de bête ?

— Difficile à dire. Toutefois, une chose est sûre : lorsque la nouvelle circulera, les fermiers seront tous sur le pied de guerre. Je ne serais pas étonnée s'ils partaient tous battre la campagne, armés de leurs fusils, pour trouver le coupable.

Mme Hope mit le moteur en marche et entama la descente. La voiture cahotait et tanguait sur les ornières du chemin.

– C'est pour Dora Janeki que je suis désolée, reprit-elle. Elle a du mal à joindre les deux bouts. Alors, perdre du bétail comme ça…

Cathy soupira :

– Espérons que ça n'arrivera plus…

Elle imaginait des hommes avec leurs fusils, se déployant à travers la colline glaciale à la recherche de la bête solitaire qui avait tué la brebis de Dora Janeki.

Elle alla se coucher ce soir-là avec cette image en tête. Elle rêva d'une forme noire, surgie de nulle part, se jetant sur une brebis sans défense.

9

Cathy fut réveillée le lendemain par la sonnerie du téléphone. Comme il était très tôt, la fillette pensa qu'un autre accident s'était certainement produit. Elle sauta du lit et se précipita dans l'escalier. Lorsqu'elle descendit, son père avait déjà raccroché. Elle lui lança un regard interrogateur.

– C'était Ken Hudson, lui apprit-il, l'air inquiet. Il dit que Jack Spiller a trouvé un de ses moutons en état de choc. Il n'y avait pas de blessure visible, mais la pauvre bête était à moitié morte de peur. Heureusement, Jack a réussi à la ranimer, et elle est hors de danger.

– Pourquoi est-ce Ken qui a appelé s'il ne s'agissait pas d'un de ses moutons ? s'étonna Cathy.

M. Hope la dévisagea avec gravité.

– Assieds-toi, ma grande, lui dit-il en la conduisant vers une chaise de la cuisine. Ce que j'ai à t'expliquer n'est pas facile à entendre.

Cathy sentit l'angoisse lui nouer la gorge :

– Qu'y a-t-il, Papa ?

– Ken m'a téléphoné parce qu'il pense être impliqué, dans une certaine mesure. En effet, Dora a fait le rapprochement avec Tess. Elle a remarqué que les incidents ont commencé hier, lorsque Ken et elle ont accepté de la garder à la ferme. Elle en a conclu que la chienne était peut-être dangereuse, soulignant qu'ils ne connaissent ni ses origines ni comment elle a été élevée.

Cathy leva les yeux vers son père :

– Tu ne crois pas une chose pareille, n'est-ce pas ?

– Non, mais je comprends que Dora puisse envisager la situation sous cet angle. Ken lui-même ne sait plus quoi penser.

– Mais voyons, ça ne peut pas être Tess ! Elle n'aurait jamais commis une telle horreur !

Adam Hope soupira :

– Tu n'as pas besoin de me convaincre, ma chérie. Reste calme. Je vais en discuter avec ta mère, et nous trouverons bien une solution.

« Il faut que je parle à Dora pour qu'elle cesse de faire courir ce bruit ! » se dit Cathy en se levant d'un bond dès qu'il fut sorti.

Elle monta s'habiller à toute vitesse dans sa chambre. Ensuite, elle appela James pour lui fixer rendez-vous au village. À neuf heures, ils pédalaient en direction de la ferme de Dora Janeki. Ils devaient empêcher les fermiers de tuer Tess !

Lorsqu'ils arrivèrent à la ferme, les deux enfants trouvèrent la cour déserte. La camionnette rouge n'était pas là, et la niche de Whistler était vide.

– Dora a dû se rendre sur la colline pour surveiller ses moutons, suggéra James. Allons là-bas !

– Attends, James. Tu crois qu'elle a emmené Tess avec elle ?

Cathy avait hâte de s'assurer que la chienne était saine et sauve.

– Il suffit de vérifier, proposa son ami. Essayons d'abord la maison.

– Tess ! Tess !

Seul le silence lui répondit.

– Elle a dû prendre les deux chiens, dit James, frissonnant dans le vent glacial.

Cathy lui fit signe de se taire. Elle tendit l'oreille, persuadée d'avoir entendu un faible gémissement. Il ne provenait pas de la maison, mais de la grange en pierres, qui se trouvait tout près. Elle s'en approcha, James à ses côtés.

– Je crois que Tess est là, murmura-t-elle.

James essaya de pousser l'épaisse porte de bois.

– Pas de chance, elle est fermée ! pesta le garçon.

Ils entendirent alors une plainte.

– Tu as raison, s'écria James. C'est Tess.

Cathy longeait déjà le mur de la grange pour trouver un moyen d'y pénétrer. Le gémissement se transforma alors en une série de jappements brefs. La chienne avait entendu le bruit de leurs pas, et elle s'agitait.

– J'ai trouvé une entrée ! cria James

Il venait de découvrir une petite porte à l'autre bout de la grange. Cathy le rejoignit. Ils abaissèrent le loquet, et la porte s'ouvrit. Une fois à l'intérieur, ils entendirent un cliquetis de métal sur le sol, suivi d'un aboiement. Tess les avait reconnus, et elle tirait sur sa chaîne pour les accueillir.

– Tess ! s'exclama Cathy.

Elle s'élança vers la chienne. Tombant à genoux, elle lui passa les bras autour du cou ; Tess lui donna de grands coups de langue. James s'agenouilla à son tour pour l'observer.

– Au moins, elle a l'air d'aller bien, souffla-t-il.

– C'est vrai, répliqua son amie, mais pourquoi l'ont-ils attachée ?

Cathy examina la lourde chaîne accrochée au collier neuf de Tess. Elle mesurait trois ou quatre mètres et était fixée au mur par un gros anneau.

– J'imagine que c'est pour empêcher les autres fermiers de la découvrir, déclara James. S'ils savaient où elle est, ou s'ils la trouvaient en train de vagabonder dans les parages, qui sait ce qu'ils lui feraient?

– Mais regarde-la. C'est ridicule! Qui pourrait-elle attaquer?

Cathy caressa la tête de la chienne, qui enfouit son museau noir dans son manteau. La pointe blanche de sa queue remuait en tous sens.

– Doucement, Tess, murmura Cathy. Laisse-moi t'enlever cette horrible chaîne.

Elle la détacha avec précaution et la laissa tomber à terre. Tess s'ébroua et se mit à arpenter la grange. Elle renifla dans les recoins sous le regard amusé des deux amis. Soudain une voix forte les fit sursauter:

– Que se passe-t-il ici?

10

Ken se tenait sur le seuil, l'air sévère.

– Vous pouvez m'expliquer ce que vous faites là? répéta-t-il.

– Oh, Ken, nous sommes désolés! s'exclama Cathy. Nous aurions dû attendre ta permission, mais nous étions inquiets pour Tess. Nous voulions nous assurer qu'elle allait bien.

– Et vous l'avez détachée, constata-t-il en fronçant les sourcils.

– Seulement quelques minutes, pour qu'elle se dégourdisse les pattes.

– Eh bien, je crois que ça suffit pour aujour-d'hui ! Je vous conseille de partir avant que Dora revienne ! Elle est furieuse à cause de toute cette histoire. J'essaie de la calmer, mais si elle vous découvre ici…

– Alors, c'est vraiment sérieux ? demanda James d'une voix mal assurée.

– Je le crains. Elle est convaincue que Tess est la coupable.

Cathy poussa un soupir exaspéré :

– Mais regarde-la, Ken ! Elle est gentille comme tout. Tu n'imagines quand même pas qu'elle pourrait effrayer les moutons ?

– Cathy, rappelle-toi que nous ne savons rien d'elle. Il est possible qu'elle ait déjà provoqué ce genre de problème. D'ailleurs, c'est peut-être la raison pour laquelle ses derniers propriétaires se sont débarrassés d'elle.

Cathy et James échangèrent un regard inquiet.

– Je vous signale qu'aucun mouton n'avait été attaqué jusqu'à présent, continua Ken. En revanche, depuis son arrivée, il y en a eu deux en moins de vingt-quatre heures. Mais le plus grave, ajouta-t-il, c'est que Tess avait disparu quand les événements se sont produits.

Un silence lourd accueillit ces dernières paroles.

— Disparu? répéta James, interloqué. Comment ça?

— C'est Dora qui m'a tout raconté. Elle avait installé Tess ici, avec de l'eau et de la nourriture, pour qu'elle s'habitue à la grange. Elle ne l'avait pas attachée. Elle est descendue au village avec Whistler et lorsqu'elle est rentrée, la chienne n'était plus là. Tess a dû se sauver par la petite porte, car Dora l'a trouvée ouverte.

— Ça ne prouve rien! protesta Cathy.

— Laisse-moi finir, s'il te plaît. Tess n'est rentrée que très tard dans la nuit. Elle avait l'air épuisée; elle était trempée et gelée comme si elle était restée dehors pendant tout ce temps. Elle s'est couchée dans un coin et s'est endormie aussitôt. C'est à ce moment-là que Dora a commencé à avoir des soupçons.

Ken mit les mains dans les poches de son manteau et soupira. James se risqua à poser une dernière question :

– Et… qu'est-ce que Dora compte faire ?

– Je ne crois pas qu'elle gardera Tess après ce qui est arrivé… Nous ne pouvons courir ce risque.

Ne sachant que dire, Cathy se tourna vers Tess. Sa joie avait été de courte durée : non seulement la pauvre bête serait bientôt de nouveau sans foyer, mais, en plus, sa vie était en danger. En effet, si Dora ou les fermiers de la région étaient persuadés que la chienne représentait une menace pour le bétail, ils allaient sûrement exiger qu'on la supprime !

Rompant le silence, Tess laissa échapper un bref jappement qui résonna dans la grange. Elle trottina vers la petite porte fermée, puis jappa de nouveau.

– Cathy, fais attention ! cria James. Il ne faut surtout pas qu'elle sorte !

– Couchée, Tess ! ordonna la fillette.

Au lieu d'obéir, Tess bondit contre la porte.

Le battant de bois trembla, et le loquet se souleva légèrement. Tandis que la chienne continuait de sauter en aboyant bruyamment, Ken traversa la grange à grands pas pour la retenir. Mais, avant qu'il ait pu la rattraper, la porte s'ouvrit et Tess s'élança dehors.

Cathy et James coururent rejoindre Ken, qui rappelait vainement la chienne. Celle-ci détalait à travers la cour ; mais lorsqu'elle en atteignit l'entrée, elle stoppa net et se retourna vers eux. Puis elle avança sur quelques mètres, s'arrêta une nouvelle fois et aboya dans leur direction.

– C'est bizarre ! remarqua Cathy. On dirait qu'elle veut qu'on la suive.

Ken sortit de la grange.

– Son attitude est curieuse, et ça ne me plaît guère, grommela-t-il. Elle ne m'obéit pas du tout !

– Excuse-moi, Ken, intervint James, mais il me semble que si Tess était devenue incontrôlable, elle serait partie sans nous attendre !

– Oh, s'il te plaît, suivons-la ! supplia Cathy.

– D'accord ! fit Ken d'une voix radoucie.

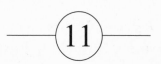

Tess les entraîna sur le chemin de la lande. Le temps se couvrait ; un brouillard glacé envahissait la colline, et il devenait difficile de voir la chienne. Les coups de sifflet du fermier ne la ralentissaient pas.

Tout à coup, un nuage de brume plus épais sembla l'engloutir. Cathy, désorientée, se tourna vers Ken.

– Restons ensemble, ordonna-t-il. Quoi qu'il arrive, ne vous séparez pas. Je ne veux pas que quelqu'un se perde !

Ils avancèrent dans la brume tout en continuant à appeler Tess. Lorsqu'ils eurent traversé cette zone, ils l'aperçurent, assise sur un rocher.

– Brave chienne ! souffla Cathy, soulagée.

Mais avant qu'ils aient eu le temps de l'atteindre, Tess dressa la tête, huma l'air et sauta du rocher. Ignorant une fois de plus leurs appels, elle fonça à travers la lande.

– Regardez, elle se dirige vers les moutons ! s'écria Ken en désignant quelques taches grises au loin.

Le cœur de Cathy se serra. Dora Janeki avait donc eu raison ! Il fallait empêcher Tess de s'en prendre au troupeau. Elle se lança à sa poursuite derrière James. Le vent sifflait à leurs oreilles. Tess gravissait la colline à toute vitesse : ce n'était plus qu'une forme noire qui se précipitait sur les moutons.

– Non, Tess !

Cathy n'en croyait pas ses yeux : sa belle et gentille Tess était sur le point d'attaquer ! Les moutons, alertés par son cri, relevèrent la tête. Affolés, ils se regroupèrent tandis que Ken accourait.

Cathy vit Tess passer comme une flèche derrière le troupeau et grimper la pente abrupte jusqu'à un rocher. Dans la panique, les moutons se bousculèrent en bêlant. L'un d'eux tomba et glissa le long de la pente sur plusieurs mètres. Tess, perchée sur le bloc de pierre, gronda en montrant les crocs. Soudain, elle bondit au milieu des bêtes.

À cet instant, une détonation retentit. Tout se figea. Cathy vit Dora Janeki qui épaulait son fusil, Whistler à ses pieds. Paniquée, la fillette chercha Tess du regard. Elle se crispa en la découvrant couchée, mais elle s'aperçut que la chienne avait les oreilles dressées, prête à déguerpir.

Cathy courut vers la fermière :

– Ne tirez pas, je vous en prie !

D'autres silhouettes armées surgirent alors du brouillard pour rejoindre Dora. Cathy reconnut Jack Spiller et Dennis Saville, le bras droit de Sam Western. Pendant ce temps, les moutons, effrayés, s'étaient éparpillés sur la lande. Whistler et Tess se tenaient prudemment immobiles.

Dora aperçut son frère, qui approchait avec James.

– Qu'est-ce que j'avais dit? s'emporta-t-elle. Tu l'as vue de tes propres yeux! J'avais raison: c'était bien la faute de cette maudite chienne! Il ne nous reste plus qu'une chose à faire désormais…

Dora bouscula son frère et se dirigea vers Tess. Jack Spiller et Dennis Saville la suivirent pour lui prêter main-forte.

Ken regarda tristement Cathy:

– Que puis-je faire? Tu as vu comme moi Tess s'en prendre à nos bêtes!

Les larmes aux yeux, Cathy fixait obstinément le sol. Elle était tellement déçue! Elle avait défendu Tess contre les accusations de Dora, et pourtant c'était bien elle qu'elle avait vue bondir, babines retroussées, au beau milieu des moutons.

Tout en marchant, les fermiers armèrent leurs fusils; Cathy crut que son cœur allait se briser.

– Oh non! s'exclama-t-elle, se cachant le visage dans les mains.

Au même instant, Tess aperçut les trois silhouettes qui s'approchaient d'elle d'un pas menaçant. Elle se redressa et fila comme une flèche vers le sommet de la colline. Trois coups de feu éclatèrent. Mais Tess fuyait toujours. Lorsqu'elle fut hors de portée, elle s'arrêta un moment, tourna la tête dans leur direction et poussa un gémissement. Puis elle fouetta l'air de sa queue et disparut.

12

Une neige légère tomba toute la journée du vendredi. Dans la soirée, Welford était recouvert d'un manteau blanc qui luisait au clair de lune.

La matinée du samedi était claire et lumineuse. À huit heures, Cathy tira les rideaux de sa chambre, découvrant un ciel bleu et une étendue de collines blanches. Les arbres dénudés étaient couverts de neige. Tout scintillait au soleil.

– Le petit déjeuner est prêt ! lança Mme Hope depuis le rez-de-chaussée.

Cathy enfila un jean et un pull épais, puis elle descendit à la cuisine.

– Quelle magnifique journée! s'exclama son père en l'embrassant. Nous aurons une belle fête ce soir!

Cathy hocha la tête.

– Comment te sens-tu, ma chérie? lui demanda sa mère en lui posant ses mains chaudes sur les joues.

Elle écarta une mèche de cheveux de son visage et déposa un baiser sur son front.

– Ça va, Maman, répondit Cathy. Je n'arrête pas de penser à Tess, c'est tout.

– Je sais, tu dois être très triste.

– Je n'aurais jamais imaginé qu'elle ferait une chose pareille! D'ailleurs, je n'arrive toujours pas à le croire, ajouta Cathy en secouant la tête.

– C'est dur, reconnut Mme Hope. La fête t'aidera peut-être à chasser cela de ton esprit, tu ne penses pas?

– Ça m'étonnerait...

– Mais si, j'en suis sûr, affirma Adam Hope en souriant. Bon, ma puce, nous avons une journée chargée à la clinique. Nous pouvons te laisser ?

– Ne t'en fais pas, papa. Allez-y !

Cathy termina son petit déjeuner seule en retournant de sombres pensées. Elle imaginait Tess, transie de froid, tapie derrière les rochers, ayant laissé dans la neige fraîche des empreintes qui la trahiraient. Elle se représenta la scène finale : Tess, tremblant de tout son corps, fixant de ses grands yeux bruns le canon d'un fusil.

Cette idée la fit frémir. Elle se leva brusquement pour téléphoner à James.

– Je vais sur la lande, dit-elle simplement.

– Je t'accompagne ! répondit James sans poser de questions.

Il avait tout de suite deviné ce qu'elle avait en tête.

– On ne pourra peut-être pas sauver Tess, reprit Cathy, mais on doit la retrouver avant les fermiers.

– Et après ?

– On la ramènera à l'Arche des animaux.

– Et après ?

– Si les fermiers exigent que Tess soit abattue à cause des moutons, je demanderai à mes parents de l'euthanasier, murmura Cathy. Ils lui feront une piqûre.

Elle ne laisserait pas Tess mourir d'un coup de fusil comme une bête nuisible !

Cathy et James se retrouvèrent à la sortie du village. Ils savaient qu'il fallait agir vite. Ils se mirent donc à courir vers la lande. La neige fraîche crissait sous leurs pieds, et ils s'enfonçaient dans la couche poudreuse.

Arrivés au sommet de la colline, ils durent s'arrêter pour reprendre leur souffle. Ils se tenaient pliés en deux, le souffle haletant, lorsqu'ils entendirent les chiens de Sam Western aboyer. Ils reprirent leur course, passèrent devant la ferme de High Cross et longèrent la lande où les moutons de Dora Janeki avaient l'habitude de brouter. Aujourd'hui, l'endroit était désert.

– Avec toute cette neige, elle a dû les mettre à l'abri dans la bergerie, fit James.

– Vite ! Il n'y a pas une minute à perdre !
lança Cathy.

Elle scrutait l'étendue blanche, cherchant
les traces de Tess. En remontant les collines,
au-delà de la ferme des Syke, ils s'arrêtèrent
pour regarder les maisons en contrebas.
C'est alors qu'ils aperçurent un petit groupe
de gens, armés de fusils et accompagnés
d'un chien, marchant à travers champs. Ils
étaient trop loin pour que les enfants puis-
sent les distinguer nettement, mais ils
savaient ce que cela signifiait. La battue
continuait.

– Par ici !

James avait disparu derrière des rochers.
Cathy le suivit. Ils glissèrent le long d'une
faible pente et passèrent de l'autre côté de la
corniche.

Dans cette vallée, le soleil avait fait fondre
la neige par endroits. Quelques moutons y
broutaient les carrés d'herbe ainsi décou-
verte.

Soudain, Cathy agrippa le bras de James :

– Attends un moment !

Elle avait remarqué une forme noire qui rampait vers les moutons. Cathy faillit crier pour prévenir les animaux. Cependant, quelque chose la retint. Elle fit signe à James de s'accroupir et d'observer la scène. Comme la silhouette se rapprochait, ils constatèrent qu'il s'agissait d'un chien. Son dos était noir, et il avait une queue fournie. Mais la pointe n'était pas blanche ! Quant à son ventre, il était brun-roux.

– Ce n'est pas Tess ! murmura James.

– C'est Major ! s'exclama Cathy, les yeux agrandis de stupeur. Le nouveau chien de Sam Western !

Le berger allemand s'était figé, prêt à bondir. Avant que les deux enfants aient eu le temps d'intervenir, Tess surgit de derrière un rocher et força les moutons à se regrouper, rassemblant les animaux isolés pour les mettre hors de danger. Cathy sauta sur ses pieds :

– Tu as vu, James ? Elle protège le troupeau contre Major !

Celui-ci montra les crocs et gronda férocement. Tout à coup, il sauta sur la chienne. Les deux bêtes s'affrontèrent, semant la panique parmi les moutons, qui s'éparpillèrent dans la vallée.

Cathy se rua vers eux.

– Major, aux pieds! cria-t-elle.

Mais il ne lâchait pas prise. Impuissante, Cathy assistait à la scène, tandis que Tess luttait désespérément. Enfin, elle parvint à se libérer de la mâchoire de Major et prit la fuite. Comme Cathy et James accouraient, le berger allemand recula et détala à son tour dans la vallée.

Cathy se retourna vers la colline juste à temps pour voir le colley atteindre le sommet.

– Tess! Ici!

La pauvre chienne s'arrêta un bref instant; mais, apparemment, elle ne faisait plus confiance à personne. Elle poussa un petit jappement aigu, puis s'élança dans la vallée enneigée de Welford, droit sur les fermiers et leurs fusils.

13

Cathy grimpa sur la corniche, mais il était trop tard pour voir de quel côté la chienne était partie. James la rejoignit, le souffle coupé.

– Hier aussi elle essayait de sauver les moutons ! lâcha-t-il. Dans le brouillard, elle donnait l'impression de les attaquer. En réalité, elle se battait avec Major pour le tenir à distance !

– C'est formidable ! cria Cathy. Elle est innocente !

Elle dévala la colline vers la maison de Sam Western, moitié glissant, moitié courant.

– Nous devons le prévenir au sujet de son chien ! Il faudra qu'il avertisse les autres fermiers que c'est la faute de Major, et non de Tess.

En arrivant devant les immenses grilles de la propriété de Sam Western, Cathy et James étaient à bout de souffle et couverts de neige. Deux gros bouledogues s'avancèrent en aboyant. Ils sautèrent contre la grille en grondant. Les deux enfants reculèrent.

La porte de la maison s'ouvrit brusquement, et Sam Western descendit l'allée couverte de neige.

– Qu'est-ce que vous faites là ? demanda-t-il d'un ton rogue.

C'est alors qu'il reconnut Cathy.

– Oh, c'est toi, dit-il froidement. La fille des vétérinaires.

Cathy acquiesça :

– Et lui, c'est James. James Hunter.

– Qu'est-ce que vous voulez ?

– C'est au sujet de votre chien, Major. Savez-vous où il est en ce moment ?

– Je ne vois pas en quoi ça vous regarde !

grommela Sam Western. Mais si vous tenez à le savoir, il est avec Dennis Saville…

— Il était ! l'interrompit James.

— Comment ça ? s'énerva M. Western. Je ne comprends rien à ce que vous racontez !

— Major a dû lui fausser compagnie, expliqua Cathy le plus calmement possible. On vient de le voir dans l'autre vallée.

Pris au dépourvu, Sam Western changea de ton :

— Vraiment ? Dans ce cas, pourquoi ne l'avez-vous pas ramené ici ?

Cathy se tourna vers James, implorant son aide du regard.

— Impossible. Il était comme fou. Il allait attaquer des moutons, débita le garçon d'une traite.

— Ça suffit ! cria Sam Western. Je ne sais pas d'où vous sortez une idée pareille, mais je peux vous dire que mon chien n'est pour rien dans cette affaire ! D'ailleurs, à l'heure qu'il est, il doit être en train d'aider Dennis à attraper cette chienne qui sème la panique parmi les moutons.

Cathy le regarda droit dans les yeux :

– Monsieur Western, pensez-vous que James et moi oserions venir chez vous pour accuser Major si nous n'étions pas sûrs de nous ?

– Nous l'avons vraiment surpris alors qu'il s'apprêtait à attaquer un troupeau ! insista James.

– Si vous avez des doutes, enchaîna Cathy, vous devriez venir vérifier, vous ne croyez pas ?

M. Western les scruta d'un air sévère à travers la grille.

– Attendez ici ! ordonna-t-il.

Il rappela les chiens et rentra dans la maison. Cinq minutes plus tard, il réapparut, chaussé de bottes en caoutchouc et vêtu d'une veste épaisse. Il tenait à la main un téléphone portable, qu'il fourra dans sa poche.

– Il faut faire vite, dit Cathy tandis qu'il ouvrait la grille pour sortir. Plus tôt nous retrouverons M. Saville, plus vite nous tirerons cette histoire au clair.

Ils marchèrent tous les trois le long du sentier qui passait devant la ferme de High Cross. Cathy aperçut Lydia Fawcett, qui sortait de sa grange.

– Bonjour, Lydia! As-tu vu M. Saville? cria-t-elle en mettant ses mains en porte-voix.

– Oui, il montait vers la ferme des Syke!

– Merci! fit Cathy en la saluant de la main. Alors qu'ils continuaient d'avancer péniblement dans la neige, ils aperçurent trois personnes qui descendaient la colline. Tandis que Sam Western reprenait son souffle près d'un muret, Cathy et James coururent à la rencontre du groupe. Ils reconnurent Whistler à son pelage gris tacheté. Il précédait Dora, Dennis Saville et Dean, un ouvrier agricole travaillant aussi pour Sam Western.

Tandis que les employés de M. Western rejoignaient leur patron, Dora s'approcha de Cathy, la mine renfrognée.

– Nous avons entr'aperçu la chienne et tiré une série de coups de fusil, lui lança-t-elle. Nous n'avons pas eu de chance jusqu'à maintenant, mais nous réussirons à la tuer avant la fin de la journée.

– Elle n'y est pour rien! commença Cathy. Au contraire, elle…

– Cathy, viens ici! appela James. Écoute plutôt.

Dennis Saville et Sam Western étaient en grande conversation.

– Allons, Dennis, où est passé ce diable de chien?

– Il n'est pas rentré? s'étonna l'homme de main.

Sam Western lui jeta un regard noir sans répondre.

– Il s'est enfui tout à l'heure, expliqua Dennis. Comme il se dirigeait vers le village, j'ai pensé qu'il retournait à la ferme. Je n'allais pas lui courir après, patron. Nous avions mieux à faire, non?

– Il semble que non. Je vais quand même vérifier s'il n'est pas revenu pendant mon absence.

Il sortit son téléphone portable de sa poche et composa le numéro.

– Que se passe-t-il ? demanda Dora. Allez, il faut nous dépêcher ! Le temps est en train de changer…

De lourds nuages noirs, chargés de neige, s'amoncelaient au loin.

– Très bien, merci, dit Sam Western en raccrochant.

Il semblait avoir pâli. Dora le regarda avec impatience :

– Alors ?

– Il y a eu un appel de Jack Spiller, répondit-il calmement. Personne n'a vu ce qui s'est passé, mais une autre brebis vient d'être attaquée. Elle est en danger, car elle a perdu beaucoup de sang. Le vétérinaire de l'Arche des animaux a été prévenu. Spiller veut que cette affaire soit réglée une fois pour toutes. Tous les fermiers de Walton sont à la recherche du chien.

– Écoutez ! s'écria Cathy. C'est Major qu'il faut trouver. Pas Tess !

– Ça suffit, Cathy ! s'exclama Dora. Nous devons arrêter ce massacre. Et puisque nous ne sommes pas sûrs de quel chien il s'agit, nous les abattrons tous les deux! Allons-y.

Elle traversa la colline, suivie de Sam Western, Dennis Saville et Dean. Impuissants, Cathy et James redescendirent vers la route.

– Pourquoi ne veulent-ils pas nous croire? se lamenta Cathy, les larmes aux yeux.

– Ils ont perdu leur sang-froid…, fit James. Et je ne vois pas comment nous pourrions raisonner des adultes surexcités et armés de fusils!

14

Lorsque Cathy et James débouchèrent sur la route, ils aperçurent la lumière de phares et distinguèrent le son d'un moteur assourdi par la neige. Lorsque la voiture arriva à leur hauteur, ils reconnurent la Land-Rover de l'Arche des animaux. Cathy et James agitèrent les bras. M. Hope s'arrêta en dérapant et ouvrit la portière arrière.

– Montez vite, les enfants.

– Tu vas chez les Spiller? demanda Cathy en se renversant sur son siège, à côté de James.

M. Hope fit tourner le moteur et mit les pleins phares :

– Oui, si cette tempête de neige ne m'en empêche pas ! Mais… comment le sais-tu ?

Cathy lui résuma rapidement la façon dont M. Western et son chien Major s'étaient soudain trouvés impliqués dans l'affaire des moutons.

– Nous devons empêcher les fermiers de poursuivre Tess, supplia-t-elle. Peux-tu leur faire comprendre qu'elle n'est pas coupable ? Ils ne nous écoutent pas !

Adam Hope fronça les sourcils.

– Je ferai de mon mieux, promit-il. Mais, pour le moment, j'ai une brebis à sauver !

La voiture dérapait et bringuebalait sur la route glissante. La neige tombait à gros flocons. À quelques mètres de la petite exploitation, ils découvrirent Mme Spiller. Elle les attendait au bord du chemin bordé de congères.

– Suivez la trace du tracteur ! cria-t-elle. Jack est resté là-haut avec les moutons.

La Land-Rover fit une embardée. Ses passagers ne tardèrent pas à apercevoir une silhouette noire. Jack Spiller était penché sur la brebis blessée. M. Hope arrêta le 4 x 4 et s'élança vers lui, Cathy et James sur les talons.

Jack avait recouvert la brebis avec un morceau de toile. Cathy grimaça en avisant le filet de sang qui coulait sur la neige. Son père se mit à genoux et ouvrit la trousse qu'elle lui tendait. Il prépara rapidement une seringue d'anesthésiant et la planta dans l'épaule de l'animal. En attendant que le produit agisse, il nettoya la blessure avec un désinfectant.

– Elle n'a pas perdu trop de sang, dit-il pour rassurer Jack Spiller.

Le pauvre homme était effondré. C'était la deuxième bête de son troupeau qui avait été attaquée.

– Allez-vous lui faire des points de suture pour arrêter le saignement? demanda-t-il.

Adam Hope hocha la tête. Il avait déjà sorti le matériel nécessaire. L'opération ne dura que quelques minutes.

— Voilà. Maintenant, Jack, vous allez devoir m'aider à la porter à l'arrière de la voiture.

Cathy et James ramassèrent la toile et suivirent les deux hommes.

— Montez derrière avec la brebis, leur demanda le vétérinaire.

Mais Jack l'interrompit.

— Ce n'est malheureusement pas fini. Dennis Saville m'a prévenu qu'il y avait un autre cas un peu plus haut, pas très loin d'ici.

M. Hope scruta le versant enneigé, l'air inquiet. Il attrapa sa trousse et sauta à terre.

— Ramenez la brebis chez vous, ordonna-t-il en poussant Jack Spiller vers la Land-Rover. Cathy et James, vous restez avec lui. Je dois aller voir.

— Attends, Papa ! protesta Cathy. Je viens avec toi !

Mais son père insista :

— Reste dans la voiture, ma chérie. Tu vas donner un coup de main à Jack. Transportez la brebis à l'intérieur et tenez-la au chaud. Allez-y, je n'en ai pas pour longtemps !

Cathy obéit à contre cœur. Jack Spiller fit demi-tour. La fillette suivit des yeux la silhouette de son père qui disparaissait dans la tempête.

15

La neige tombait dru en tourbillonnant. Une fois arrivés chez Jack Spiller, Cathy et James l'aidèrent à porter la brebis blessée dans la petite grange, où ils l'installèrent sur un lit de paille. Puis ils laissèrent Maggie Spiller et sa fille Jenny prendre soin d'elle.

– Sam Western t'attend à l'intérieur, Jack, annonça Mme Spiller. Il veut te dire un mot. Dans la cuisine, ils trouvèrent Dora Janeki attablée avec Dennis Saville et Dean. Ils eurent l'air gêné en voyant Cathy et James. M. Western se tenait à côté de la fenêtre. Il s'avança d'un pas et se racla la gorge :

– Euh… Jack, j'ai à vous parler.

Cathy lança un coup d'œil entendu à James.
M. Western avait perdu son assurance habituelle.

– Voilà, on a pris Major sur le fait, avoua-t-il. Dennis et Dean ont longé la crête à la recherche du colley, et ils ont découvert Major attaquant un de vos moutons. Dean a réussi à l'attraper, et ils l'ont redescendu aussitôt. Il est enfermé dans le hangar.

Cathy poussa un soupir de soulagement : enfin, ils admettaient la vérité ! Elle se tourna vers Dora :

– Alors vous ne poursuivrez plus Tess ?

Dora secoua la tête.

– Je vous dois, à toi et à James, des excuses, dit-elle calmement. J'avais tiré des conclusions un peu hâtives, je suis désolée.

– Qu'arrivera-t-il à Major, maintenant ? demanda James.

Sam Western regarda M. Spiller avant de répondre :

– J'attends l'avis de Jack ! Après tout, ce

sont ses moutons qui ont été le plus touchés. Cependant, j'aimerais garder Major pour le dresser convenablement et faire de lui un bon chien de garde.

Cette idée plut à Cathy. Même si Major était responsable de ce qui était arrivé, elle avait pitié de ce pauvre chien. Il ne savait sans doute pas comment profiter de sa liberté dans les collines, après avoir vécu enfermé dans une cour en ville.

Les deux hommes parvinrent à un accord.

– Je paierai toutes les factures du vétérinaire, ainsi que celles de Mme Janeki, déclara M. Western. Je vous rembourserai également les dommages causés. Et je m'engage à contrôler Major à l'avenir.

– Si vous tenez votre promesse et qu'il n'y ait pas d'autres problèmes avec ce chien, je pense que nous sommes tous d'accord, répondit Jack.

– Oui, mais au moindre incident…, intervint Dora Janeki.

– Soyez certaine que tout se passera bien, l'interrompit Sam Western. Je ne laisserai plus Major sans surveillance avant d'être absolument sûr de lui.

Dora ne voyant plus d'objections, les fermiers, soulagés, échangèrent des poignées de mains.

Dehors, la neige tombait toujours. Une rafale s'engouffra dans la pièce au moment où Maggie et Jenny Spiller entrèrent pour leur dire que la brebis semblait hors de danger.

– Papa est-il revenu ? s'inquiéta Cathy.

Cela faisait plus d'une demi-heure que M. Hope était parti soigner la deuxième bête.

– Eh bien, je croyais qu'il était avec vous. Il devrait être rentré, non ?

Cathy regarda par la fenêtre. Elle arrivait à peine à voir au-delà de la cour. La colline avait disparu dans la tempête.

– Dennis, tu sais où se trouvait le mouton blessé ? demanda M. Western. C'est loin d'ici ?

– Environ à deux kilomètres. Mais je ne suis pas sûr de retrouver l'endroit, par ce temps.

– Alors, nous chercherons! N'attendons pas plus longtemps!

Cathy sentit un frisson de peur la parcourir. Elle regarda les autres enfiler leurs bottes et fermer leurs vestes. James, l'air décidé, s'apprêtait à partir avec le groupe.

– Puis-je appeler ma mère, Madame Spiller?

– Bien sûr.

Jenny lui indiqua le téléphone. Cathy composa le numéro, priant pour que sa mère décroche.

– Maman? C'est moi.

– Que se passe-t-il, ma chérie? Où es-tu?

Cathy faisait de gros efforts pour retenir ses larmes.

– Je suis chez M. et Mme Spiller. Papa est toujours dans la colline et, avec cette tempête, on se demande s'il ne s'est pas perdu. M. Western organise les recherches avec Jack et M. Saville, expliqua-t-elle d'une voix tremblante.

Après quelques secondes de silence, Emily Hope reprit la parole:

– Bon, je file chez Papy pour lui demander de me conduire chez les Spiller. Ne t'inquiète pas, je suis sûre qu'ils ramèneront ton père sain et sauf. Il sait parfaitement ce qu'il doit faire dans ce genre de situation.

– Maman, tu es d'accord pour que je les accompagne avec James? Moi aussi, je veux chercher papa.

– D'accord, ma grande, mais à condition que tu restes tout le temps avec les autres. Promis?

– Promis!

Cathy reposa le combiné, un peu rassurée par les paroles apaisantes de sa mère. Elle prévint Mme Spiller de son arrivée et se précipita vers la porte pour rejoindre M. Western.

– Surtout, restez bien groupés, leur recommanda-t-il tandis qu'ils sortaient. Dennis va nous montrer le chemin. En route!

16

Les fermiers avançaient d'un pas lourd sur les traces du tracteur, tête baissée. Cathy et James avaient enroulé leurs écharpes autour du visage, mais le vent glacé les transperçait, et les flocons de neige les aveuglaient complètement.

Dennis, qui ouvrait la marche, s'arrêta soudain.

– Je pense que c'est par ici, dit-il.

– Appelons-le, suggéra Sam Western.

Les cris fusèrent dans toutes les directions, étouffés par la neige. Il n'y eut pas de réponse.

Jack Spiller grimaça. Il se tourna vers Dennis et Dean :

— Vous êtes sûrs que c'est bien cet endroit ?

Les deux employés secouèrent la tête avec découragement.

— C'est difficile à dire... On ne reconnaît plus rien !

— Écoutez, mieux vaut rentrer, intervint Sam Western. Cela fait plus d'une heure et demie que M. Hope est dehors. Il faut appeler les secours...

Tout le monde savait qu'il avait parfaitement raison. Leur tentative avait été vaine et le temps était précieux.

Ils redescendirent vers la ferme. Sur le chemin, M. Western prévint la police depuis son portable. En arrivant chez les Spiller, ils découvrirent le camping-car de Tom Hope, le grand-père de Cathy, garé dans la cour. La fillette se précipita dans la cuisine et se jeta dans les bras de sa mère. Tom s'avança aussitôt vers Jack pour lui demander des nouvelles. Le fermier résuma la situation et annonça que la police envoyait un véhicule de secours depuis Walton.

– Walton ? s'exclama Emily Hope. Mais avec les routes complètement enneigées, il va leur falloir des heures pour venir jusqu'ici !

– Que voulez-vous que nous fassions ? répliqua M. Western d'un ton las. Nous n'avons aucune chance de le trouver tout seuls !

Mme Hope se tourna vers Tom, Cathy et James.

– Vous m'accompagnez ? lança-t-elle.

Tous les trois acquiescèrent avec détermination.

– C'est là que nous avons trouvé la première brebis !

James était arrivé au bout du chemin que Cathy et lui avaient emprunté deux heures plus tôt avec Adam.

– M. Hope est ensuite parti dans cette direction pour secourir la deuxième brebis, reprit-il. N'est-ce pas, Cathy ?

– Oui, tu as raison.

Ils continuèrent donc d'avancer. La neige tombait toujours, et on n'y voyait plus rien. Tom Hope appelait son fils, sans succès. Cathy perdit tout espoir.

Soudain, James s'arrêta :

– Une minute ! Vous avez entendu ?

– Que veux-tu entendre avec un vent pareil ? fit Cathy avec amertume.

C'est alors qu'un aboiement retentit.

– Tess ! s'exclama Cathy. Je suis sûre que c'est elle ! Tess, viens ici !

Le petit groupe se tenait immobile, guettant la chienne. Ils la virent enfin émerger du brouillard. Elle bondit vers Cathy, qui s'agenouilla pour l'embrasser.

– En voilà déjà une de retrouvée ! dit James en souriant.

À peine avait-il prononcé ces mots que Tess se dégagea des bras de Cathy et remonta la colline en courant. Puis elle revint et aboya de nouveau.

– Elle veut qu'on la suive ! s'écria Cathy.

– Alors faisons-lui confiance, décida Emily. Vas-y, Tess. Montre-nous le chemin.

Après une montée pénible, ils atteignirent le sommet de la colline. À ses pieds, on devinait plutôt qu'on ne voyait une rangée de hêtres longeant un ruisseau gelé. Tess attendit le petit groupe pour s'y élancer.

– J'ai entendu un sifflement, s'écria Cathy.

– Moi aussi, confirma James avec excitation. Où est-il, Tess ? Montre-nous.

Un autre sifflement retentit dans la brume.

– Papa ! appela Cathy.

– Ici !

– Il est vivant ! hurla Cathy.

– Tiens bon, Adam ! lança Emily. Tess essaie de te retrouver. Siffle encore !

La chienne fonça vers un tas de neige et se mit à gratter frénétiquement. Cathy et James se précipitèrent pour l'aider. Bientôt, ils dégagèrent ainsi l'entrée d'un trou. Emily Hope se glissa à l'intérieur et découvrit son mari, blotti contre la paroi, tenant une brebis dans ses bras. Après avoir vérifié rapidement son état de santé, elle ressortit en tentant de cacher son émotion.

Avec précaution, ils extirpèrent le père de

Cathy de l'abri qu'il avait creusé. Il s'était foulé une cheville et ne pouvait pas porter la brebis à la ferme; il avait donc décidé d'attendre que le temps s'améliore pour entreprendre quoi que ce soit. Il était engourdi et ne sentait plus ses pieds. Mme Hope passa un bras autour de son épaule pour l'aider à se tenir debout.

Cathy leva sur son père des yeux pleins de larmes.

– Tu peux marcher? murmura-t-elle.

– Avec ta mère, j'irais au bout du monde, plaisanta-t-il pour la rassurer.

– James et moi descendrons la brebis, proposa Tom.

Tandis qu'ils prenaient le chemin du retour, Cathy resta un moment avec Tess.

– Tu lui as sauvé la vie, murmura-t-elle à l'oreille de la chienne. Et désormais, tout le monde sait que tu n'es pour rien dans l'histoire des moutons. Il n'y a plus de danger, Tess. Tu peux rentrer avec nous.

Elle se leva et fit quelques pas:

– Tess, viens.

Mais la chienne n'obéit pas. Malgré les appels de Cathy, elle s'élança dans la direction opposée sans se retourner.

Cathy cessa de l'appeler et la regarda partir. Le cœur serré, elle se retourna pour suivre ses parents, son grand-père et James. Tess était de nouveau sans foyer, errant au milieu des collines enneigées un soir de Noël.

– Tess nous a épargné un travail difficile! déclara le médecin, auquel Cathy avait raconté toute l'histoire.

Guidés par Dennis Saville, les secouristes étaient venus au-devant de la famille Hope et de James. Ils installèrent M. Hope dans l'ambulance pour le conduire à l'hôpital. Emily monta avec lui.

Postés devant la grille des Spiller, Cathy et James les regardaient partir. Le soulagement était général: Adam était sauvé, les deux brebis allaient mieux et M. Western avait honnête-ment accepté d'assumer ses responsabilités.

Dora Janeki rejoignit les deux enfants.

– Je suis désolée, leur dit-elle, confuse. Je

reprendrais Tess tout de suite si je le pouvais ! Elle a été formidable.

Cathy hocha la tête sans répondre. La vérité avait éclaté trop tard.

– Vous venez, les enfants ?

Le grand-père de Cathy les attendait devant le camping-car.

– Allons rassurer Mamy et la prévenir que son fils est hors de danger.

Ils quittèrent la lande couverte de neige. La tempête avait cédé la place à un pâle soleil de fin d'après-midi, qui caressait la campagne enneigée.

Le soir même, les gens du village se retrouvèrent pour la veillée de Noël. La joie était d'autant plus grande que tout le monde se félicitait du dénouement heureux de « l'affaire des moutons ».

Adam Hope, qui avait quitté l'hôpital avec une cheville dans le plâtre, était considéré comme un héros. Pendant le repas, il fut assailli de questions et dut raconter son aventure en détail.

Seule Cathy ne partageait pas complètement la gaieté des habitants de Welford. Le souvenir de Tess s'éloignant dans la neige lui pinçait le cœur. Elle sortit quelques minutes dehors. Tout en observant la lune, elle pensait à la pauvre chienne : avait-elle trouvé un abri pour se protéger du froid ?

– Quelle triste mine pour un soir de Noël ! Mamy se tenait près d'elle et la regardait d'un air bienveillant.

– Excuse-moi ! C'est vrai que je suis un peu ailleurs…

– Eh bien, tu devrais plutôt être parmi nous… crois-moi ! dit sa grand-mère avec un sourire mystérieux.

– Comment ça ? demanda Cathy, intriguée. En entrant dans la salle, elle découvrit James qui l'attendait, la mine réjouie. À ses pieds se tenait… Tess, qui la regardait de ses grands yeux bruns.

– Tess ! s'écria la fillette en la serrant dans ses bras.

Cathy se sentait comme dans un rêve. En caressant le pelage brillant de la chienne, elle ne cessait de poser des questions à James.

– Où était-elle ? Comment as-tu fait ?

Son ami lui raconta alors la fin de sa journée.

Bien décidé à retrouver Tess, il avait appelé Ken Hudson pour lui demander son aide. Celui-ci avait aussitôt accepté. James avait ensuite persuadé sa mère de le conduire à High Cross avant la tombée de la nuit. En remontant vers la colline, Ken et lui avaient découvert sa trace dans la neige. Ils l'avaient suivie jusqu'à un muret, derrière lequel ils avaient retrouvé la chienne, roulée en boule. Ken lui avait mis une laisse et ils l'avaient ramenée chez Dora, qui l'avait soignée et nourrie. Ken l'avait ensuite descendue au village, juste à temps pour que James la conduise en secret à la fête.

– Je voulais que ce soit une surprise pour toi ! dit-il.

– Tu es vraiment un ami formidable ! Merci, James, oh merci !

Cathy pouvait enfin se laisser aller à sa joie :

tout le monde était sauvé, et Tess avait enfin un foyer.

James lui colla un petit bisou sur la joue :

— Joyeux Noël, Cathy !

FIN

ÉCRIS-NOUS !

Chère Lucy Daniels,

J'adore les livres et j'aime les animaux, surtout les poneys et les chiens. J'ai déjà une chienne qui s'appelle Coquine, mais j'aimerais aussi avoir un poney. Mes parents refusent de m'en acheter un, car nous n'avons pas de place pour lui faire un abri. Pourriez-vous me donner un conseil ?

Fanny, 10 ans

RÉPONSE

Sache qu'il existe une collection sur un petit poney qui s'appelle *Sheltie*. En attendant de pouvoir un jour en avoir un, plonge-toi dans les aventures de ce poney courageux et espiègle. Tu vas voir, ces livres sont passionnants ! Bonne lecture !

TOI AUSSI,
TU AIMES LES ANIMAUX ?

Si tu as envie

de nous confier les joies et les soucis
que tu as avec ton animal,

si tu veux

nous poser des questions
sur l'auteur et ses romans,
ou tout simplement nous parler
de tes animaux préférés,

n'hésite pas à nous écrire !
Ta lettre sera peut-être publiée !

Bayard Éditions Jeunesse
Série " SOS Animaux "
3, rue bayard
75008 Paris

Attention !
N'oublie pas d'écrire ton nom et
ton adresse si tu veux qu'on te réponde !

S.O.S. ANIMAUX

301. Il faut retrouver Perle !
304. Les larmes du dauphin
305. Le panda abandonné
306. Le chevreau imprudent
307. Le phoque pris au piège
308. Sur les traces du léopard
309. La baleine en détresse
310. Réglisse a disparu !
311. Sauvons les poulains !
312. Une girafe en péril
313. Comment sauver Harry ?
314. Perdue dans la nuit
315. Qui veut adopter un chaton ?
316. Un hamster trop gourmand
317. Une maison pour Marco et Polo
318. Flibuste est un coquin !
319. Prince ne doit pas courir !
320. Opération Koala
321. Au secours du bébé éléphant
322. Le Noël du chien de berger

SPÉCIAL DAUPHINS
S.O.S. ANIMAUX

501. Une belle amitié

502. Une histoire d'amour

503. Une chasse au trésor

504. Une naissance difficile

Imprimé en R.F.A. par Clausen & Bosse